# Alicia

## La lista

WRITTEN BY

CÉCILE LAINÉ

ADAPTED BY

CLAUDIA RODRIGUEZ

For additional resources, visit:

www.towardproficiency.com

by Cécile Lainé

ISBN: 978-1-7341686-0-0

# ÍNDICE

# AGRADECIMIENTOS

My eternal gratitude goes to the following people:

- my former students at Girls Preparatory School, for helping me get this story started

- my illustrator, Jennifer Nolasco, for bringing my vision to life with her vibrant illustrations

- my friend, Claudia Rodriguez, for adapting this story from French into Spanish

- my husband, Stephen Decastro, for ensuring my characters do indeed sound Costa Rican

- my editor, Anny Ewing, for making sure the final product is spotless

You made this book possible. *¡Gracias a todos!*

ALICIA

# PREFACIO
By Claudia Rodriguez

When I first saw *Alice* it reminded me of my 15-year-old self, considering I practiced martial arts for a couple of years and I have curly black hair. I was excited to read her story.

When I told Cécile I saw myself in Alice's story, she asked me if I could adapt the story to Spanish. It was my opportunity to write about the places I love in Mexico! But after much consideration, and talking to family and friends, I realized some of the dynamics in the French version would not work for my country. I talked to Cécile and after a brainstorming session, we decided to go with Costa Rica considering her connection to this country.

I enjoyed exploring and researching about Costa Rica. It was really helpful to have a Tico, Cécile's husband, on our team to run all the ideas and expressions through.

ALICIA

# CAPÍTULO 1

# UNA BOMBA

*Domingo 15 de mayo*

Frustrada. Desesperada. Estoy desesperada. No es posible. Mi papá nos dio la noticia hoy. Una bomba. Estábamos todos en la mesa: mi papá, Luis Diego, Carla y yo. De repente, mi papá dijo:

—Bueno, Carla y yo tenemos una noticia importante que darles: nos vamos a **mudar**[1] a San José.

Hay un gran silencio. Estoy tan sorprendida que no digo nada. Finalmente, digo:

—¿Pero… quién es "nos"?

—Carla, Luis Diego, usted y yo nos vamos a mudar. Toda la familia se muda a San José.

—Pero… ¿Por qué?

—Usted sabe que voy mucho a San José en este momento. De hecho, me dieron un **ascenso**[2] y

---

[1] mudar: to move away
[2] ascenco: promotion

1

voy a trabajar en una oficina en San José. Prefiero que toda la familia se mude a San José conmigo.

Mi papá trabaja en una gran empresa de consultoría.

—Pero… ¿y mamá?

—Ya hablé con su mamá. Ella está de acuerdo, pero quiere que Luis Diego y usted pasen todas las vacaciones con ella.

Mis padres están divorciados pero mi mamá vive en Liberia, como mi papá y Carla. Miro a la esposa de mi papá. Carla no dice nada. Me pregunto qué pensará. Entonces digo:

—No, no me voy a mudar. Voy a vivir con mamá.

—Alicia… Eso no es posible.

—¿Por qué?

—Alicia, usted tiene 16 años, está en **décimo grado**[3]. Mudarse a San José es una gran oportunidad para usted: hay excelentes

---

[3] décimo grado: 10th grade

escuelas en San José, hay muchas cosas buenas y mucha gente buena, también. Además, su mamá también viaja por su trabajo. Usted no puede vivir con ella. Lo siento. Sé que es difícil, pero tomamos una buena decisión.

No digo nada. Yo sé que mi mamá viaja mucho por su trabajo. Luis Diego pregunta:

—Papá, ¿vamos a ver a tío Juan Carlos y a tía Jancy en San José? ¿Y a todos los primos?

Mi papá sonríe. Besa la cabeza de mi hermano:

—Sí campeón, los vamos a ver. Todos los fines de semana.

Luis Diego sonríe también. Mi hermanito tiene 7 años y adora a mi papá. Y mi papá lo adora, también. Ellos tienen una relación especial. Mi tío y su esposa Jancy viven en San José. Yo también adoro a mi tía Jancy y a mi tío Juan Carlos, ¡pero no es una razón para MUDARNOS A SAN JOSÉ! Mi papá continúa:

—Escuchen, estamos en mayo. Nos mudaremos al final del mes de junio. ¿OK?

## ALICIA

Alicia, usted tiene más de un mes para
prepararse.

Me levanto de la mesa sin decir nada y corro a mi
habitación. Le quiero gritar a mi papá "LO ODIO"
pero sé que no es necesario. Estoy muy triste. No
me quiero mudar. ¡Yo no me quiero mudar!
Frustrada. Desesperada. Estoy desesperada. No es
posible. Agarro mi celular y llamo a Marcela.

## CAPÍTULO 2

# LA LISTA

–¿Marcela? Habla Alicia.

–Hola ¿Cómo está?

Y de repente empiezo a llorar. No sé por qué. ¿Será por qué estoy hablando con mi mejor amiga?

–¿Qué pasa Alicia?

–Me… me… mudo en un mes, Marcela.

–¿Qué?

–Sí, mi papá nos dio la noticia hoy… Nos mudamos a San José. Luis Diego, Carla, mi papá y yo. Toda la familia se muda al final del mes de junio.

Hay un gran silencio. Marcela no responde. Ella no dice nada por un momento.

Finalmente, dice suavemente:

—Pero, ¿por qué?

Le digo todo a Marcela. Le digo que le dieron un ascenso a mi papá. Le digo que mi mamá está de acuerdo. Marcela me escucha. Me escucha con atención. Finalmente, cuando he terminado, me dice con calma:

> —Alicia, estoy triste. Pero San José es una gran oportunidad para usted. ¡Es increíble! Usted va a ir a una súper escuela. Va a conocer a personas interesantes. Va a tener una vida increíble en San José. Además, su tío, su esposa y todos sus primos viven en San José.

Sé que tiene razón. Lo sé. Pero, sigo estando desesperada. Marcela continúa:

> —¿Sabe lo que usted debería hacer? Debería hacer una lista con todas las cosas que quiere hacer antes de mudarse.

Después de la llamada con Marcela, me decido a escribir. No sé por qué, pero me encanta la idea de Marcela. Entonces, escribo:

Antes de mudarme, quiero:

1. Tomar un café en Café Liberia con Marcela y Sonia

2. Hacer un tour de zipline con Luis Diego en Rincón de la Vieja

3. Conseguir mi cinta negra en Taekwondo

Después de una pausa pequeña, continúo:

4. **Besar**[4] a Rafael

---

[4] besar: to kiss

## CAPÍTULO 3

# RAFAEL

*Lunes 16 de mayo*

El día en la escuela es muy largo. No escucho a los maestros. No me puedo concentrar. Pienso en la noticia. En la terrible noticia. Me voy a mudar. Finalmente, es la hora del almuerzo y voy a la cafetería. Cuando llego a la cafetería, veo a Rafael. Rafael es el hermano de mi amiga Sonia. Marcela, Sonia y yo estamos en décimo grado. Rafael está en el último año de la **secundaria**[5]. Los padres de Sonia y de Rafael son de Nicaragua.

Rafael está en una mesa con sus amigos. Está hablando y sonriendo. Me encanta su sonrisa. Su boca es grande y cuando sonríe puedes ver todos sus dientes. Cuando veo su sonrisa, se me olvida que estoy en la escuela, se me olvida que estoy en la cafetería y se me olvida que me voy a mudar...

–Mmmm... ¿Alicia? ¿Todo bien?
Es Marcela que está al lado de mí. No le respondo y camino sin mirar la mesa de Rafael.

---

[5] secundaria: high school

Marcela viene conmigo hacia una mesa.

–¿Usted hizo su lista?

–Sí…

–¡Enséñemela!

–No sé si enseñársela…
Marcela me mira con sorpresa y responde:

–Bueno, soy su mejor amiga, ¿sí o no?

Sonrío:

—Si, ya sé. Usted es mi mejor amiga.

—¿Entonces? ¡Enséñemela!

—Bueno...

Le enseño mi lista. Marcela la mira con atención. Ella sonríe.

—¡Esta lista está excelente! ¿Qué puedo hacer para ayudarle? —dice Marcela.

—No sé. Pero por favor, no le diga a Sonia.

—¿Por qué no? —ella dice con sorpresa.

—No quiero decirle que quiero besar a su hermano.

—¿Está enamorada de él?

—No sé.

—¿Cómo que no sabe?

—No sé si estoy enamorada de él.

—Bueno, ¿entonces por qué quiere besarlo?

## ALICIA

–Porque me encanta su sonrisa, su boca y sus dientes.

## CAPÍTULO 4

# EN RINCÓN DE LA VIEJA

*Domingo 28 de mayo*

Cuando le dije a Luis Diego sobre el tour de zipline en Rincón de la Vieja, ¡estuvo rojo de emoción! En Rincón se pueden hacer muchas cosas, como **senderismo, paseos a caballo y aguas termales**[6]. Además, Rincón de la Vieja tiene una leyenda muy interesante.

Tomamos un tour con paseo a caballo y zipline. Al final, para relajarnos nos vamos a las aguas termales. ¡Luis Diego y yo estamos muy emocionados!

Después del zipline nos vamos a las aguas termales para relajarnos. ¡Necesito relajarme! Hay mucha gente enfrente del hotel y de las aguas termales. Le digo a Luis Diego de esperarme para no perderle. De repente, siento mi celular vibrar en mi mochila. Lo agarro y veo: ¡es un mensaje de Rafael!

---

[6] senderismo, paseos a caballo y aguas termales: hiking, horseback riding, and hot springs

ALICIA

*Entonces, usted se muda.*

Quiero gritar, pero me calmo y respondo:

*Sí...*

*¿Quiere ir por un café este fin de semana?*

¿Una cita con Rafael? En ese momento miro rápidamente para ver si Luis Diego todavía está a mi lado, pero no lo veo. ¿Dónde está? Miro hacia la derecha y hacia la izquierda y lo llamo: "¡Luis Diego! ¿Dónde estás?" Luis Diego no está. Hay mucha gente y no veo a Luis Diego.

Me empieza a dar miedo y camino rápidamente mirando hacia la derecha y hacia la izquierda: "¡Luis Diego! "¡Perdí a Luis Diego! Empiezo a correr, me siento un poco enojada y tengo mucho miedo. Empiezo a gritar: "¡LUIIIS DIEEGOO !" ¡Perdí a Luis Diego! Continúo corriendo y llego enfrente de las aguas termales. Miro hacia la derecha y la izquierda. ¡Perdí a Luis Diego!

De repente, lo veo al lado del baño. Corro hacia él y ¡ZAS!, me caigo. Todos me están mirando y estoy a punto de llorar. Luis Diego corre hacia mí y grita:

−¡Alicia!

Lo veo, me quiero levantar, pero no puedo: me duele mucho el pie.

Un hombre llega y me pregunta "¿Está bien?" Le respondo que me caí y que me duele mucho el pie. El hombre me agarra del brazo y me ayuda a levantarme.

¡Ay! Me duele mucho y me levanto con dificultad. Luis Diego me toma de la mano y me dice:

—¿Está bien Alicia? ¿Puede caminar?

Tomo a mi hermanito en mis brazos y no le respondo. ¡Tenía mucho miedo!

De repente, dos pensamientos llegan a mi cabeza:

1. Rafael quiere tener una cita conmigo.
2. Mi examen de Taekwondo es en dos semanas y me duele mucho el pie.

# CAPÍTULO 5

# LA CITA

*Martes 30 de mayo*

Hoy fui al doctor y me dio noticias terribles: ¡me pidió que no usara mi pie en Taekwondo por una semana! Mi examen de Taekwondo es en dos semanas. Me he preparado por meses para este examen. No sé cómo le voy a hacer. En este momento, veo muchos videos en YouTube para trabajar en las **poomse**[7] y **entreno**[8] en mi habitación sin usar mi pie. No es ideal, pero quiero conseguir mi cinta negra antes de mudarme.

Además, no le respondí a Rafael y no hablé con Sonia de su hermano. No debería tener secretos con Sonia. Marcela y ella son mis mejores amigas. Entonces, ¿por qué no se lo dije? Pienso que tengo miedo de su reacción. Tengo miedo de que no esté de acuerdo o que ella se enoje. Pero Rafael me escribió a mí, ¡Debo decirle a Sonia! No quiero tener problemas con mi mejor amiga. ¡Qué difícil!

---

[7] poomse: Taekwondo forms (Korean term)
[8] entreno: I train, I practice

Finalmente, decido escribir a Rafael. Agarró mi celular, me calmo y escribo:

*¡Hola! ¿Dónde y cuándo?*

Rafael responde rápidamente:

*¿Sábado? ¿Usted tiene un lugar favorito? A mí me encanta el Café Liberia. ¿Qué piensa? ¿Como a las tres?*

¡Es increíble! El Café Liberia. ¡Está en mi lista! Pero hay un problema: ¡Marcela, Sonia y yo tenemos una cita el sábado a las 4:00 de la tarde en el Café Liberia! ¿Qué hago? ¿Le cancelo a Marcela y a Sonia o le pido otra cita a Rafael? Ir al Café Liberia con mis dos mejores amigas está en mi lista… Es muy importante. Pero, una cita con Rafael, también está en mi lista. Tomo una decisión rápidamente: quiero tomar café el sábado con **Rafa**[9].

*El sábado a las 3:00 de la tarde. Perfecto. ¿Enfrente del café?*

*Sí, perfecto.*

---

[9] Rafa: short for Rafael

*¡**Tuanis!**[10] El sábado, entonces. Y... ¿Rafa? No le diga nada a su hermana, ¿ok? Me da miedo la reacción de ella.*

**Pura vida**[11]*.*

¡Increíble! ¡Tengo una cita con Rafa! Solo él y yo. En el Café Liberia. Me siento un poco triste por no ir con mis dos mejores amigas, pero ¿y si ellas **estuvieran en mi lugar**[12]? Agarro mi celular y les escribo un mensaje a Sonia y Marcela:

*¡Hola amigas! Lo siento mucho, pero no podré ir el sábado. Vamos el domingo entonces, ¿está bien?*

---

[10] tuanis: awesome (local expression)
[11] pura vida: Everything is cool (local expression)
[12] estuvieran en mi lugar: were in my place

## CAPÍTULO 6

# EN EL CAFÉ

*Sábado 3 de junio*

Llego al Café Liberia a las 3:00 de la tarde. Hay mucha gente. Estoy un poco nerviosa, pero también estoy muy feliz. Veo a Rafa y me hace una señal con la mano. Está sonriendo. Ay… ¡su boca, sus dientes! Camino hacia él. Tiene una camiseta increíble: tiene un dibujo de una tortuga. Su camiseta dice: "conscious and aware".

—Hola, me encanta su camiseta. ¿En dónde la consiguió usted?

—En una tienda en Sofía Mall.

—¿En Sofía Mall? No sabía que vendían ese tipo de camisetas en este mall.

—Sí, es una camiseta especial –responde sonriendo.

—¿Ah sí? ¿Por qué?
Rafa sonríe, ya tiene mi atención:

19

—Es de **una marca**[13] que se llama Wild Soul Project. Es una marca de camisetas hechas 100% en Costa Rica.

—¡Tuanis! ¿Y por qué tiene una tortuga?

—Wild Soul Project es una marca que **crea conciencia**[14] sobre problemas ecológicos. Por eso las camisetas están hechas de bambú.

—¿De bambú? ¡Tuanis! ¿Y es confortable?

Quiero tocar su camiseta. Rafa sonríe y hay un silencio pequeño. Me calmo y le pregunto:

—¿Usted viene a menudo a este café?

—No, solo en ocasiones especiales...

Otro silencio pequeño. Rafa me mira y sonríe de nuevo. Continúa:

—No fue fácil escribirle un mensaje porque usted es la mejor amiga de mi hermana…

En este momento, soy yo la que sonríe:

---

[13] una marca: a brand
[14] crea conciencia: creates awareness

—Y usted, es el hermano de mi mejor amiga…

Otro silencio pequeño. Nos vemos por un momento y sonreímos. En ese momento la mesera llega:

—Buenas ¿Ya saben lo que quieren pedir?

—**Me regala**[15] un muffin de banano por favor —digo yo.

—¿Y para usted?

—Para mí, un **pan con almendras**[16]      —dice Rafa.

—¿Y de tomar?

—Un café con leche, por favor —dice Rafa.

—Para mí también, por favor.

Cuando la mesera se va, Rafa me pregunta:

---

[15] me regala: bring me (literally, gift me)
[16] pan con almendras: almond bread

—¿Sonia me dijo que usted va a tener su examen de cinta negra?

—Sí, este sábado. Es un examen muy difícil y muy importante para mí.

—¡Impresionante! ¿Y está lista?

—De hecho, me lastimé el pie el fin de semana pasado.

—¡Oh no! ¿Cómo?

Pienso: "Su mensaje fue tan increíble que perdí a mi hermano y me caí." Pero solo le respondo: "Me caí."

Rafa continúa sonriéndome. Es increíble cómo me siento bien con él. De repente, veo a Sonia y a Marcela. ¿Qué están haciendo en el Café Liberia?

# ALICIA

## CAPÍTULO 7

# CONFRONTACIÓN

Sonia nos ve y nos mira con una mirada intensa. Dice:

—Cochina…

—No se enoje hermanita —la interrumpe Rafa y sonríe—. Estoy tomando café con Alicia, es todo.

—**¡Cierra el pico Rafa!**[17] —dice Sonia—. Ella me mira con una mirada enojada.

—Sonia, escucha… —empiezo a decir.

Pero ella me interrumpe, gritando:

—**¡Cochina traidora!**[18] ¿Usted no puede tomar café con nosotras porque está tomando café con MI hermano? ¿Qué más va a hacer con MI hermano?

---

[17] cierra el pico: shut up, Rafa
[18] cochina traidora: pig traitor

—Nada... Cálmese. Lo siento mucho. Estoy tomando café con Rafa, es todo.

—¿Entonces, por qué canceló nuestra cita? ¿Por qué tanto secreto, eh?

—Puede ser que Alicia tenía miedo de su reacción, hermanita —responde Rafa.

Sonia está muy enojada. No sé cómo responder a su pregunta. Fui egoísta. Soy una traidora. Hoy prefiero estar con Rafa. Prefiero empezar una relación con Rafa **en lugar de consolidar**[19] mi relación con mis mejores amigas. Ya no respondo.

Sonia se calma un poco y dice:

—Usted no es más que una cochina egoísta. Somos sus mejores amigas y usted prefiere tomar café con mi hermano. Está bien...

Y ella se va. Marcela no ha dicho nada todavía, pero siento que ella también está enojada. Decido hablarle:
—Marce…

---

[19] en lugar de consolidar: instead of consolidating

25

—Escucha Alicia, Sonia se va a calmar. Pero lo que hizo usted no está bien. Usted no tiene confianza en nosotras y hace lo que quiera cuando quiera.

Y ella también se va.

## CAPÍTULO 8

# EL INCIDENTE

No voy a llorar, pero me siento triste. Rafa me toma de la mano y me dice suavemente:

—Vamos, ven.

Empezamos a caminar. No sé qué decir. Sonia tiene razón: soy egoísta y no soy buena amiga. A tres semanas de mi mudanza, prefiero empezar una relación con Rafa en lugar de consolidar mi relación con mis mejores amigas. Y cancelé una ocasión especial con mis amigas por una persona con una sonrisa buena. Es muy egoísta y ridículo también. Me voy a mudar; ¿qué estoy haciendo con Rafa?

Llegamos al parque Mario Cañas Ruiz. Estoy feliz de que Rafa no diga nada. En este momento no quiero hablar. Miro la iglesia. Eso me calma. Miro Rafa y él me sonríe:

—Mi hermana comprenderá.

—Si… puede ser. No quiero perder a mi amiga...

Pero, en ese momento, un hombre nos interrumpe:

–¡**Cochino nica!**[20]

El hombre mira Rafa furiosamente. Me toma un momento entender lo que el hombre ha dicho. Rafa mira el hombre con una mirada intensa y responde:

–¿Hay un problema?

Rafa continúa mirando el hombre con una mirada intensa. Él mantiene mi mano en su mano. El hombre lo mira, pero no dice nada. Rafael empieza a caminar de nuevo, mi mano todavía está en su mano. De repente, el hombre grita:

–¡**Vuelve a su país!**[21]

---

20 cochino nica: derogatory term toward Nicaraguans
21 vuelve a su país: go back to your country

Quiero pegarle a ese hombre. ¡Me siento furiosa! Rafa y yo caminamos en silencio. Hay mucha gente en el parque. Finalmente, le digo:

–¡Qué cochino racista! ¿Por qué no le respondió usted cuando dijo "vuelve a su país"? Usted es **tico**[22]. Costa Rica es su país.

–No me voy a enojar con ese racista. Si, nací en Costa Rica, soy tico y me siento tico. Pero

---

[22] tico: Costa Rican

también soy nicaragüense. Ese hombre quería **una pelea**[23]. No quería ponernos en peligro.

Yo me sé defender, pero sé que Rafa tiene razón. Le digo suavemente:

—¿Este tipo de incidentes pasa a menudo?

Rafa no responde y entiendo que sí, eso pasa a menudo. Rafa continúa:

—Es por eso que las organizaciones como *Cenderos* son tan importante: trabajan por la defensa de los derechos humanos de los migrantes refugiados. La inmigración en Costa Rica, es la historia de mis padres.

Miro y escucho a Rafa. Lo admiro mucho. Estoy feliz de conocerlo. Rafa me mira también, y finalmente, sonríe, me enseña una tienda pequeña y solo me dice:

—Mira.

Yo miro y sonrío también: en la tienda pequeña, hay camisetas de Wild Soul Project.

---

[23] una pela: a fight

## CAPÍTULO 9

# LA CINTA NEGRA

*Domingo 10 de junio*

Mi pie está mejor y estoy entrenando mucho para mi examen. Entrené más de 10 horas esta semana. No hablé con Rafa, ni con Sonia, ni con Marcela. Solo entrené. Rafa y yo nos escribimos mensajes y pienso que comprende por qué no nos podemos ver.

El Taekwondo necesita mucho trabajo, y conseguir mi cinta negra es muy importante para mí. Pienso que él entiende. ¡Entrené tanto que se me olvidó mi mudanza!

El examen es hoy: evalúan a todos los elementos del Taekwondo en el examen para la cinta negra. Es un examen muy intenso y muy importante. Tengo miedo, estoy nerviosa, pero también estoy feliz: voy a conseguir mi cinta negra.

Toda mi familia vino a apoyarme. Mi mamá vino con su amigo Manrique. Mi papá vino con Carla y Luis Diego. Tío Juan Calos y tía Jancy

vinieron de San José para **apoyarme**[24]. Rafa
también vino. Veo que me sonríe y hago una señal
con la mano. Marcela vino también. Hago una señal
con la mano y ella me sonríe. Sonia no vino. Me
siento triste y frustrada: este examen es muy
importante para mí. Quiero que mis mejores amigas
me apoyen. Debo concentrarme. No debo pensar
en Sonia.

Me concentro. Me concentro en el examen. El
maestro Kim Yong dice a menudo que el
Taekwondo está también en la cabeza. Entonces,
debo ser fuerte y concentrarme. Estoy lista.
*¡Junbi!*[25]

Las *poomse*, la demostración de todas las
**patadas**[26] y los golpes, son muy fáciles para mí:
entrené mucho y me siento confiada. Me siento
confiada y pienso que voy a conseguir muchos
puntos. Después de estas secciones del examen, me
duele un poco el pie, pero estoy concentrada y
confiada. No debo pensar en mi pie.

Cuando los maestros me presentan las **tablas de
madera**[27], tengo un poco de miedo. Rompí muchas

---

[24] apoyarme: encourage me
[25] *junbi*: ready (Korean term)
[26] patadas: kicks
[27] tablas de madera: wooden planks

tablas para llegar a la cinta negra, pero tengo un poco de miedo por mi pie. Decido eliminar mi miedo. Ataco las tablas de madera con confianza. Rompo tres tablas fácilmente, pero cuando le pego a la última, mi pie me duele mucho y grito.

Felizmente, debes gritar cuando rompes tablas, entonces mi grito no es terrible. Miro mis padres. Ellos comprenden que me lastimé. Mi mamá me hace una señal con la mano. Sé que ella me apoya. Me preparo para la última sección del examen: el combate. El combate es la sección más intensa del examen: mis pies deben estar muy fuertes para no caer. No me debo caer. Voy a ponerme el equipo de protección.

Cuando los maestros me llaman para el combate, me levanto con dificultad. Corro a mi lugar para olvidarme de mi pie y para prepararme para el combate. En el combate, hay tres "rounds" y se consiguen puntos cuando se le pega al torso del adversario. Se le puede pegar con las manos o los pies, pero prefiero pegar con los pies. Mi adversario es muy fuerte. Ella se llama Unhey. Decido atacar inmediatamente. Si quiero conseguir muchos puntos, debo atacar a Unhey y olvidarme de mi pie.

Ataco a Unhey inmediatamente y le pego en el torso, pero ella es muy rápida y me ataca también.

Me duele el pie pero me concentro en mi adversario y continúo atacándola. Continúo atacándola y pegándole en el torso. Todo pasa rápidamente. Pienso que he conseguido los puntos necesarios para conseguir la cinta negra. Me duele mucho el pie, pero he terminado. ¿Voy a conseguir la cinta negra?

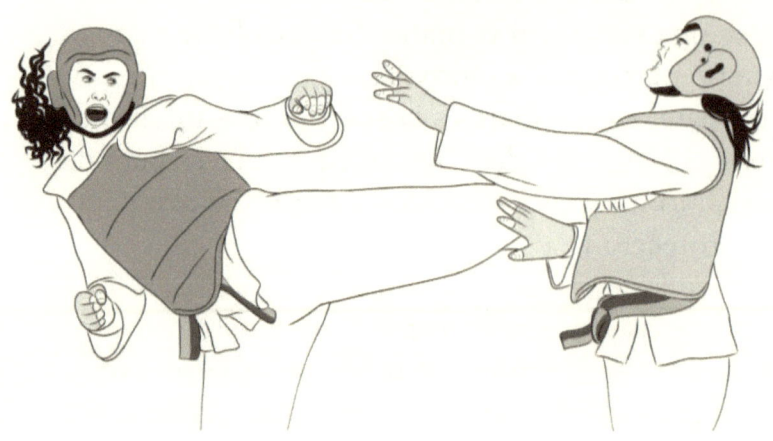

## CAPÍTULO 10

# LO QUE ES IMPORTANTE

Es el final del examen y espero los resultados con mucha emoción. Trabajé mucho para llegar a este examen. Los maestros llaman a Unhey. Unhey se levanta y va hacia ellos. Los maestros anuncian su resultado: ¡ella consiguió su cinta negra! Un gran aplauso. Después, los maestros llaman a otro candidato. Él se levanta y va hacia ellos. Los maestros anuncian su resultado: ¡él consiguió su cinta negra! Un gran aplauso. Finalmente, los maestros me llaman. Me levanto con dificultad. Voy hacia ellos. Los maestros anuncian mi resultado… ¡Yo también, conseguí mi cinta negra!

Uno de los maestros viene hacia mí con la cinta negra. Le doy mi cinta roja-negra. Entonces, el maestro me pone la nueva cinta negra. Lo saludo y él me saluda. Un gran aplauso. Miro mi familia. Toda mi familia se levanta, aplaude y grita muy fuerte. Yo les hago una señal con la mano y camino hacia ellos con dificultad. Luis Diego, Marcela y Rafa corren hacia mí. Luis Diego corre a mis brazos:

–¡Luis Diego! **¡Con cuidado!**[28] Me duele mucho el pie –le digo.

–¡Hermana, usted es súper fuerte!

Está muy emocionado y toca mi cinta negra con admiración. Lo beso en la cabeza y sonrío. Estoy muy feliz de tener a Luis Diego en mi vida. Después, llega Marcela:

–Consiguió su cinta negra, usted es una campeona –ella me dice.

–Estoy feliz de que haya venido Marcela, es importante para mí.

–Bueno, soy su mejor amiga, ¿sí o no?

Marcela está conmigo. Soy su mejor amiga, ella es mi mejor amiga. Ella está conmigo cuando la necesito y yo quiero estar con ella cuando ella me necesita. Estoy muy feliz de tener a Marcela en mi vida. La abrazo y me siento mejor.

De repente, veo a Rafa. Camino hacia él con dificultad. Él me sonríe, me abraza y me dice suavemente:

–Usted es impresionante.

---

[28] con cuidado: be careful

Entonces, él agarra su celular y me lo enseña. Hay un mensaje de Sonia:

*¿Alicia consiguió su cinta negra?*

¡Estoy muy feliz! Sonia también pensó en mí en este momento importante. Ella estuvo conmigo.

Veo a mi familia que llega para abrazarme. Presento a Rafa a mi familia:

–¿Es su novio? –pregunta Luis Diego.

Todos sonríen y me miran. Estoy toda roja, pero Rafa me toma de la mano y sonríe. Sonrío también. Pienso en mi lista. No hice todo lo que estaba en mi lista. Pero, finalmente todas las personas que son importantes en mi vida hoy están conmigo. Tengo mi cinta negra. Me siento confiada y optimista. Eso es lo más importante.

# PEQUEÑO GLOSARIO CULTURAL & VISUAL

## CAPÍTULO 1

1) **Liberia** is located in the north west of Costa Rica, in the Guanacaste province. It is the country's 7th largest city, with a population of 57,000. San José, Costa Rica's capital, has 340, 000 inhabitants.

Carte @ Eric Gaba

# CAPÍTULO 3

1) **Lots of Costa Rican high schools** end in the 11$^{th}$ grade.

| USA | Costa Rica |
|---|---|
| 10$^{th}$ | décimo |
| 11$^{th}$ | último |
| 12$^{th}$ | - |

2) You might have noticed by now that Costa Ricans use **"usted"** when addressing each other. Even family members and friends use this formal polite form. **"Tú"** is very rarely used in Costa Rica, though it may pop up once in a while, along with **"vos"**.

# CAPÍTULO 4

1) **Rincón de la Vieja** is an active volcano and a national park. There are many hot pools and bubbling mud pod to discover as you hike the park.

Hot Springs @ Hans Hillewaert

2) **La leyenda de Rincón de la Vieja** gave the volcano its name. The legend can be found on my website, towardproficiency.com. Ask your teacher to tell you the story of princess Curabanda!

ALICIA

Rincón de la Vieja's crater @ Wilma Compton

# CAPÍTULO 6

1) **Café Liberia** is located in one of the oldest buildings in Liberia, la casa Zuniga Clachar, which is 150 years old.

Photos @ Café Liberia

# GLOSARIO

## - A -

a – to, at

abraza – takes in arms

abrazarme – take me in arms

abrazo – I take in my arms

(de) acuerdo – in agreement

además – besides

admiración – admiration

admiro – I admire

adora – adores, loves

adoro – I adore, I love

adversario – adversary, opponent

agarra – grabs

agarro – I grab

agarró – grabbed

aguas – waters

al – to the, at the

algo – something

almendras – almonds

almuerzo – lunch

amiga(s) – friend(s)

amigo(s) – friend(s)

año(s) – year(s)

antes – before

anuncian – announce

aplaude – applauds, cheers

aplauso – cheer, applause

apoya – encourages

apoyarme – encourage me

apoyen – encourage

ascenso – promotion

aspectos – aspects

ataca – attacks

atacándola – attacking her

atacar – to attack

ataco – I attack

atención – attention

ayuda – helps

ayudarle – help you

# - B -

| | |
|---|---|
| **bambú** – bamboo | **bien** – well |
| **banano** – banana | **blanca** – white |
| **baño** – bathroom | **boca** – mouth |
| **besa** – kisses | **bomba** – bomb |
| **besar** – to kiss | **brazo(s)** – arm(s) |
| **besarlo** – kiss him | **buena(s)** – good |
| **beso** – I kiss | **bueno** – good |

# - C -

caballo – horse

cabeza – head

caer – to fall

cafeteria – cafeteria

caí – fell

   me caí – I fell

caigo – I fall

calma – calm

calmar – to calm down

calmo – I calm down

   me calmo – I calm myself down

cálmese – calm yourself down

caminamos – we walk

cita – appointment, date

cochina – pig

cochino – pig

combate – fight, combat

como – like

cómo – how

comprende – understands

comprenden – understand

comprenderá – will understand

caminando – walking

caminar – to walk

camino – I walk

camiseta(s) – T-shirt(s)

campeón – champion

campeona – champion

cancelaste – you cancelled

cancelé – I cancelled

cancelo – I cancel

candidato – candidate

cellular – cell phone

cierra – closes

cinta – belt

conocerlo – to know him

consegui – I got, I obtained

conseguido – obtained

conseguir – to get, to obtain

conseguiste – you got, you obtained

consiguen – get, obtain

consiguió – got, obtained

consolidar – to consolidate

consultoría – consulting

con – with

concentrada – concentrated

concentrar – to concentrate, to focus

concentrarme – to concentrate, to focus

concentro – I concentrate, I focus

conciencia – awareness

confiada – confident

confianza – confidence, trust

confortable – comfortable

confrontación – confrontation

conmigo – with me

conocer – to know

cuidado – careful

continua – continues

continúo – I continue

corer – to run

corre – runs

corren – run

corriendo – running

corro – I run

cosa(s) – thing(s)

crear – to create

cuando – when

cuándo – when

cuento – I tell

    con cuidado – be careful

# - D -

da – gives

  me da miedo – scares me

dar – to give

darles – to give you

de – from

deben – must

debería – should

debes – must

del – of the

derecha – right

  hacia la derecha – to the right

derechos – rights

desesperada – desperate

después – after

determinación – determination

día – day

dibujo – drawing

dice – says

dicho – said

domingo – Sunday

dónde – where

dos – two

debo – I must

decido – I decide

décimo – tenth

decir – to say

decirle – tell her

decisión – decision

defender – to defend

defensa – defense

dientes – teeth

dieron – they gave

difícil – difficult

dificultad – difficulty

diga – you say, says

digas – you say

digo – I say

dije – I said

dijo – said

dio – gave

doctor – doctor

doy – I give

duele – hurts

# - E -

ecológicos – ecological

egoísta – selfish

el – the

él – he

eliminar – eliminate

ella – she

ellas – they

ellos – they

emoción – emotion

emocionado(s) – excited

empezar – to start

empezamos – we start

empieza – starts

empiezo – I start

empresa – company

en – in

enamorada – in love

encanta – pleases

   me encanta – I love

   usted es – you are

escribimos – we wrote

escribió – wrote

escribir – to write

enfrente de – in front of

enojada – angry

enojar – to make angry

enoje – got angry

enojes – you get angry

enseña – shows

enseñámela – show it to me

enseñártela – show it to you

enseño – showed

entender – to understand

entiende – understands

entiendo – I understand

entonces – so, therefore

entrenando – training

entrené – I trained

entreno – I train

equipo – equipment

eres – you are

es – is

está – is

estaba – was

estábamos – we were

estamos – we are

**escribirle** – to write to him

**escribo** – I write

**escucha** – listen to, listens to, listen

**escuchen** – listen

**escucho** – I listen

**escuela(s)** – school(s)

**ese** – this

**eso** – this, that

   **eso es** – this is, that is

   **por eso** – this is why

**especial(es)** – special

**esperar** – to wait

**esposa** – spouse

**esta** – this

**están** – are

**estando** – being

**estar** – to be

**estas** – these

**estás** – you are

**este** – this

**esté** – is

**estoy** – I am

**estuvieran** – were

**estuvo** – was

**evalúan** – evaluate

**examen** – exam

**excelente(s)** – excellent

**excusa** – excuse

# - F -

fácil(es) – easy

fácilmente – easily

familia – family

feliz – happy

felizmente – fortunately

fin(es) – end(s)

final – final

finalmente – finally

frustrada – frustrated

favor – favor

   por favor – please

favorito – favorite

fue – was

fuerte – strong, strongly

fui – I went

furiosa – furious

furiosamente – furiously

# - G -

gente – people

golpes – blows

gracias – thank you

grado – grade

gran – big

grande – big

grita – shouts, yells

gritando – shouting

gritar – to shout, to yell

grito – I shout, I yell

# - H -

**habitación** – bedroom

**habla** – talks

**hablando** – talking

**hablar** – to talk

**hablarle** – talk to her

**hablé** – I talked

**hace** – does

**hacer** – to do

**he** – I have

   **me he preparado** – I have prepared myself

**hechas** – made

**hecho** – made

**hermana** – sister

**hermanita** – little sister

**hermanito** – little brother

**hermano** – brother

**hice** – I did

**hacia** – until, to

   **hacia una mesa** – to a table

**haciendo** – doing

**hago** – I do

**hay** – there is

**haya** – have

   **haya venido** – you have come

**haz** – do

**hiciste** – you did

**historia** – story

**hola** – hello

**hombre** – man

**hora(s)** – hour(s)

**hotel** – hotel

**hoy** – today

**humanos** – humans

## - I -

idea – idea

ideal – ideal

iglesia – church

importante(s) – important

impresionante – impressive

incidente(s) – incident(s)

incredible – incredible

inmediatamente –
immediately

inmigración – immigration

intenso – intense

intensa – intense

interesante(s) – interesting

interrumpe – interrupted

ir – to go

izquierda – left

hacia la izquierda –
to the left

# - J -
junio – June

# - L -

la(s) – the

lado – side

   al lado de – next to

largo – long

lastimé – hurt

   me lastimé – I hurt myself

le – him, her, to him, to her

leche – milk

les – them, to them

levanta – gets up

   se levanta – gets up

levantar – to get up

levantarme – to get myself up

levanto – I get up

   me levanto – I get (myself) up

leyenda – legend

lista – list

llama – calls

llamada – call

llaman – call

llamo – I call

llega – arrives

llegamos – we arrive

llegan – arrive

llegar – to arrive

llego – I arrive

llorar – to cry

lo – it, him

los – them

lugar – place

   en lugar de – instead of

   en mi lugar – if they were me

lunes – Monday

## - M -

madera – wood
  de madera – wooden

major – better, best

mamá – mom

mano(s) – hand(s)

mantiene – mantains

marca – brand

martes – Tuesday

más – more

mayo – May

me – me, to me

mejores – better, best

mensaje(s) – message(s)

menudo – small
  a menudo – often

mes – month

mesa – table

mesera – waitress

meses – months

mi – my

mí – me

miedo – fear
  dar miedo – to scare

maestro(s) – teacher(s), master(s)

migrantes – migrants

mira – watches

mirada – look

mirar – to look

miro – I look

mis – my

mochila – backpack

momento – moment
  en ese momento – at that moment
  por un momento – for a moment

mucha(s) – a lot

mucho(s) – a lot

muda – moves away

mudamos – we move away

mudanza – move

mudar – to move away

mudaremos – we will move

mudarme – to move away

mudarnos – to move away

mudarse – to move away

mude – moves

## ALICIA

**tengo miedo –** I am
scared

**mudo –** I move

**me mudo –** I move

**muy –** very

# - N -

nací – I was born

nada – nothing

necesario(s) – necessary

necesita – needs

necesito – I need

negra – black

nerviosa – nervous

ni – nor, neither

no – no, not

nos – ourselves, to us

nosotras – us

noticia(s) – news

novio – boyfriend

nuestra – our

nueva – new

nuevo – new

# - O -

o – or

occasion(es) – occasion(s)

oficina – office

olvida – forget

   se me olvida – I forget

olvidarme – to forget

olvidó – forgot

oportunidad – opportunity

optimista – optimist

ordenar – to order

organizaciones – organizations

otra(s) – other

otro – other

# - P -

padres – parents

país – country

para – for, in order to

parque – park

pasa – happens

   ¿Qué pasa? – What's going on?

pasada – last, previous

pasado – last, previous

pasen – spend

paseo(s) – ride(s)

patadas – kicks

pega – hits

pegándole – hitting her

pegar – to hit

pegarle – to hit

pego – I hit

pelea – fight

peligro – danger

pensamientos – thoughts

pensar – to think

pensará – will think

pensó – thought

pequeña – small

pan – bread

papa – daddy

perderle – to lose him

perdí – I lost

perfecto – perfect

pero – but

persona(s) – people

pico – beak

pidió – asked

pido – I ask

pie – foot

piensas – you think

pienso – I think

pies – feet

poco – little

podemos – we can

podré – I will be able

pone – put

ponerme – to put myself

ponernos – to put ourselves

por – by, along, for

   por favor – please

**pequeño** – small

**perder** – to lose

**possible** – possible

**prefiere** – prefers

**prefiero** – I prefer

**pregunta** – asks

**pregunto** – I ask

**prepara** – prepares

**preparado** – prepared

**prepararme** – to prepare myself

**prepararse** – to prepare oneself

**presentan** – present

**presento** – I present

**¿por qué?** – why?

**porque** – because

**primero** – first

**problema(s)** – problem(s)

**protección** – protection

**provocar** – to provoke

**puede** – can

**pueden** – can

**puedes** – you can

**puedo** – I can

**punto(s)** – point(s)

**pura** – pure

**Pura vida** – everything is cool

# - Q -

que – that

qué – what

quería – wanted

quién – who

quieras – you want

quiere – want

quieren – want

quieres – you want

# - R -

**racista** – racist

**rápida** – fast, quick

**rápidamente** – quickly

**regala** – give

**relación** – relationship

**relajarme** – to relax

**relajarnos** – to relax

**repente** – start

   **de repente** – suddenly

**responde** – answers

**responder** – to answer

**respondí** – I answered

**razón** – reason
   **tiene razon** – is right

**reacción** – reaction

**refugiados** – refugees

**respondiste** – you answered

**respond** – answer

**resultado(s)** – result(s)

**ridículo** – ridiculous

**roja** – red

**rojo** – red

**rompes** – you break

**rompí** – I broke

**rompo** – I break

# - S -

sábado – Saturday

sabe – know

saben – know

sabes – know

sabía – knew

saluda – bows

saludo – I bow

se – itself

sé – I know

sección(es) – section(s)

secreto(s) – secret(s)

Secundaria – High School

seguimos – continue to

sobre – on

solo – only

somos – we are

sonríe – smiles

sonríen – smile

sonriendo – smiling

sonriéndome – smiling at me

semana(s) – week(s)

señal – signal

senderismo – hiking

ser – to be

sera – will be

si – if

sí – yes

siento – feel

   me siento – I feel

sigo – I continue

silencio – silence

simplemente – simply

sonrisa – smile

sorprendida – surprised

sorpresa – surprise

soy – I am

su – his, her, your

suavemente – softly

súper – super

sus – your

# - T -

**tablas** – planks

**también** – also

**tan** – so

**tanto** – such, so much

**tarde** – afternoon

   **de la tarde** – in the afternoon

**terminado** – finished

**terrible(s)** – terrible

**tía** – aunt

**Tico** – Costa Rican

**tienda** – shop

**tiene** – has

**tienen** – have

**torso** – torso

**tortuga** – turtle

**tour** – tour

**trabaja** – works

**trabajan** – work

**trabajar** – to work

**trabajé** – I worked

**tienes** – have

**tío** – uncle

**tipo** – type

**toca** – touches

**tocar** – to touch

**toda(s)** – all

**todo(s)** – all

**todavía** – still

**toma** – takes

**tomamos** – we take

**tomando** – taking

**tomar** – to take

**tomo** – I take

**trabajo** – I work

**traidora** – traitor

**tres** – three

**triste** – sad

**tu** – you

**tuanis** – cool

## - U -

| | |
|---|---|
| **última** – last | **uno** – one |
| **ultimo** – last | **usar** – to use |
| **un** – a | **usara** – will use |
| **una** – a | **usted** – you |

# - V -

va – go, goes

vacaciones – vacation

vamos – we go

vas – you go

ve – sees, looks at

vemos – we look at

ven – come

vendían – they sell

venido – came

veo – I see, I look at

vino – came

vive – lives

viven – live

ver – to see, to look at

viaja – travels

vibrar – to vibrate

vida – life

videos – videos

vieja – old

viendo – seeing, watching

viene – come

vienes – you come

vinieron – came

vivir – to live

voy – I go

vuelve – go back

ALICIA

## - Y -

**y** – and

**ya** – already

**yo** – I

www.ingramcontent.com/pod-product-compliance
Lightning Source LLC
Chambersburg PA
CBHW021936170626
46807CB00007B/3146